CATALOGUE

DES

Tableaux Anciens

DE GRANDS MAITRES

ITALIENS — ESPAGNOLS — HOLLANDAIS — FLAMANDS

LÉONARD DE VINCI
PAUL VÉRONÈSE — REMBRANDT — MURILLO
VAN DYCK

Mariage Mystique de Ste Catherine attribué à RAPHAEL

ET DES

Tableaux Modernes

COMPOSANT

La Collection de M. le Vicomte A...

PROVENANT DE LA GALERIE DU MARQUIS DE L. M.

dont la vente aura lieu

HOTEL DROUOT, SALLES N° 8 ET 9

Le Mardi 3 Avril 1883, à 2 h. 1/2

EXPOSITION PARTICULIÈRE	EXPOSITION PUBLIQUE
Le Dimanche 1er Avril	Le Lundi 2 Avril

DE 1 HEURE A 5 HEURES

COMMISSAIRES-PRISEURS

M° ESCRIBE   M° BOULLAND
6, rue de Hanovre   26, rue des Petits-Champs

EXPERTS

M M. HARO & Fils
PEINTRES-EXPERTS
14, rue Visconti, et 20, rue Bonaparte

CE CATALOGUE SE DISTRIBUE

A PARIS, CHEZ

Me ESCRIBE
COMMISSAIRE-PRISEUR
6, rue de Hanovre

Me BOULLAND
COMMISSAIRE-PRISEUR
26, rue des Petits-Champs

MM. HARO ✻ & F^{ils}
PEINTRES-EXPERTS
14, rue Visconti, et 20, rue Bonaparte

CONDITIONS DE LA VENTE

Elle sera faite au comptant.

Les acquéreurs payeront *cinq pour cent* en sus des enchères.

Les expositions mettant à même de se rendre compte de l'état des objets, il ne sera admis aucune réclamation une fois l'adjudication prononcée.

La vente de la galerie Aguado a été pour la génération précédente un véritable événement. Cette collection avait une réputation européenne.

Je me souviens que mon père, ainsi que MM. Delacroix et Ingres, mes maîtres, me disaient que le juge le plus sévère pouvait faire dans l'ensemble de cette galerie un choix irréprochable.

En effet, si nous consultons le Catalogue dressé pour la vente sous la direction de M. Dubois, expert, et de M. Bonnefons de la Vialle, commissaire-priseur, vente qui a eu lieu en mars 1843, nous trouvons sous le n° 243 un tableau attribué à Raphaël représentant la Vierge et l'Enfant Jésus, et voici comment s'exprime le catalogue :

« Quand on aborde un nom aussi illustre que celui de
» Raphaël, ce doit toujours être avec la réserve la plus scru-
» puleuse et bien armé de certitude. La courte existence de ce
» peintre n'eût sans doute pas, à beaucoup près, suffi à la pro-
» duction d'une foule de tableaux, admirables du reste, qu'on
» lui attribue. Cette vérité, nous aimons à la reconnaître
» comme à la soutenir ; mais les hautes discussions d'art se
» résolvent au moyen de comparaisons, de connaissances et
» d'impartialité. Le tableau décrit plus bas est, à notre avis,

» à l'abri de toute contestation ; la place qu'il occupait dans
» la *galerie du Palais-Royal*, etc., etc. »

Eh bien ! ce tableau ne fut adjugé que pour 25 250 francs
à M. Paillet pour M. Delessert ; mais, sous le titre de *La
Vierge d'Orléans*, il fut revendu moins de trente ans après
150 000 francs à Mgr le duc d'Aumale.

Le n° 30, *la Mort de sainte Claire*, le célèbre tableau de
Murillo, ne fut vendu que 19 000 francs. Ce même tableau
a été acheté depuis plusieurs centaines de mille francs par
lord Dudley et il remplit avec éclat un panneau entier de sa
magnifique collection.

Nous pourrions citer encore le n° 140, *Portrait de la
femme à l'éventail*, œuvre incomparable de Velasquez,
adjugé 12 750 francs à M. Manson. Si ce tableau repassait
en vente, personne, et je ne crois pas trop m'aventurer,
personne aujourd'hui ne pourrait préjuger à quel prix
atteindrait cette peinture inestimable, de même les œuvres
acquises à cette vente par le duc de Galiera, le marquis
d'Herford, le baron de Rothschild et tous les grands amateurs de cette époque.

De tous ces chefs-d'œuvre, il ne nous reste plus que les
tableaux intimes et de prédilection du marquis de Las
Marismas. Homme de goût, M. Aguado était un véritable
connaisseur : il avait mis tous ses soins à former sa galerie,
car il savait bien que les amateurs sont souvent jugés
d'après le mérite des tableaux qu'ils ont su choisir. Il
s'intéressait surtout aux œuvres des peintres de son pays
natal, et c'est chez lui que les artistes de notre temps ont
pu étudier l'École espagnole que la France connaissait
si peu. On se souvient peut-être — et c'était là un des
regrets de M. Eugène Delacroix — que le musée du Louvre,
si riche en Italiens, en Flamands, en Hollandais, ne pos-

sédait en 1843 que quelques rares peintures des artistes de l'Espagne, entre autres le portrait de l'infante Marguerite par Velasquez. Ce n'était point assez pour l'insatiable curiosité de ceux qui veulent apprendre.

Après ce que nous venons de dire sur l'origine de la collection de M. le vicomte A.. on ne sera point surpris d'y rencontrer quelques tableaux de l'École espagnole. Notre dessein n'est pas de les examiner tous: mais il convient d'appeler l'attention sur les œuvres d'un grand maître, Murillo. qui se présente ici dans des conditions exceptionnelles. Si l'on ne savait déjà que le peintre de Séville a eu deux manières. on pourrait l'apprendre en étudiant la galerie de M. le vicomte A. Le petit *Jésus caressant un agneau* est un type excellent de son style délicat et fleuri. Tout en conservant leur franchise dans le ton local, les colorations se marient. elles passent les unes dans les autres et s'arrangent pour constituer un bouquet. L'enfant qui joue innocemment avec l'agneau mystique est d'une grâce parfaite. Quand il peignait de pareils tableaux. Murillo songeait que. même en Espagne. la dévotion n'est pas toujours rigide : il cherchait à plaire. et il y est assurément parvenu, car il y a un charme bien réel dans cette peinture fondue et caressée.

Mais les artistes regardent cette manière comme un peu mondaine. et. au Murillo épris des tons souriants et frais. ils préfèrent le Murillo sérieux. qui revient aux sévérités du génie espagnol et qui. placé devant la nature vivante. s'aperçoit que le peintre ne sera jamais trop attentif et trop convaincu. Tel il se montre dans son admirable *Portrait d'un moine*. On regrette de ne pas savoir le nom du personnage. intelligent et résolu. que le maître a représenté. Il a pris plaisir. on le devine. à fouiller les traits de cette sévère physionomie et il a réussi à en exprimer le caractère avec une loyauté qui ne ment pas. Ce portrait, c'est l'homme même. En grand maître qu'il était, Murillo a négligé le petit détail, et, serrant de près le dessin intérieur, modelant les dessous sans les laisser voir, il a merveilleusement rendu l'effet d'ensemble et la secrète intimité de la vie individuelle. Nous croyons ne pas nous tromper en considérant ce portrait comme un chef-d'œuvre.

Pour les peintures de l'École italienne, nous parlerons peut-être avec un accent moins affirmatif. Ce n'est pas que ces tableaux ne méritent point d'intéresser au plus haut degré les amateurs de la grande école; mais c'est que l'histoire de l'art n'étant encore qu'imparfaitement connue, nous pouvons parfois nous trouver en présence de problèmes embarrassants.

Et, tout de suite, nous en citerons un exemple. On sait, ou du moins on est autorisé à croire que Léonard de Vinci a peint deux enfants — très vraisemblablement le petit Jésus et le petit saint Jean-Baptiste — jouant ensemble et s'embrassant. Ce motif, si digne du maître qui avait appris par les belles sanguines de Verrocchio à dessiner les grâces de l'enfance et ses naïves attitudes, fut repris par plusieurs des peintres qui habitèrent ou qui visitèrent la Lombardie au commencement du seizième siècle. Le thème était si séduisant que les élèves de Léonard, Luini entre autres, en subirent le charme irrésistible. Les Flamands eux-mêmes en furent épris, et, pendant son voyage en Italie, Jean de Mabuse a peint plusieurs fois le groupe célèbre des deux enfants qui se caressent. L'Allemagne aussi a brodé sur ce motif délicat. Si nous rappelons ces faits, c'est parce que, après avoir examiné en toute conscience le beau tableau de M. le vicomte A..., nous ne pouvons affirmer que l'œuvre entière soit de Léonard. Si le petit Jésus et le petit saint Jean sont d'un modelé adorable, d'un modelé tout à fait lombard et même milanais, nous avons des doutes sur le paysage au milieu duquel ils prennent leurs ébats, nous hésitons aussi sur l'ornementation architecturale, d'un goût très pur d'ailleurs, qui forme l'encadrement de la scène. Si l'on venait nous dire qu'une main allemande a passé par là nous n'en serions point trop surpris. La question, on le voit, n'est pas aisée à résoudre, et comme le tableau est superbe, il serait bien désirable qu'elle fût étudiée.

La difficulté n'est pas moins grave en ce qui concerne le *Mariage mystique de sainte Catherine* attribué à Raphaël. C'est un grand nom avec lequel on aurait tort de jouer imprudemment. Le tableau abonde en qualités exquises; il est bien du commencement du seizième siècle, il se présente à nous muni de certificats qui ne sont pas tous dénués d'autorité. Parmi ces attestations — nous en reproduisons le texte dans notre catalogue — il en est une qui porte la signature du chevalier Wicar. Il a pu quelquefois arriver à Wicar de faire de la peinture ennuyeuse, ce qui est une faute impardonnable, mais l'ancien directeur de l'Académie de Naples connaissait bien Raphaël et c'est même le maître qu'il connaissait le mieux. Il a, sur ce point, prouvé sa compétence spéciale, car le peintre d'Urbino est admirablement représenté dans la belle collection de dessins qu'il a formée en Italie et qui est aujourd'hui l'honneur du musée de Lille.

Toutefois, comme un tableau est toujours plus significatif que les certificats dont on l'enguirlande, nous avons étudié de très près le *Mariage mystique de sainte Catherine*, et nous déclarons, malgré le respect que nous inspire l'opinion de Wicar et de ses confrères, que nous avons toutes les peines du monde à y reconnaître la main de Raphaël. L'enfant est charmant, la Vierge est délicieuse, mais ce ne sont pas là les types familiers au glorieux chef de l'école romaine. L'exécution, si belle qu'elle soit, n'est pas non plus la sienne. En examinant la jolie figure du petit Jésus qui, assis sur les genoux de sa mère, présente l'anneau symbolique à sainte Catherine, nous croyons y voir un travail de peinture à la fois très solide et très souple, une pâte tendrement émaillée qui fait songer à l'école de Parme. Oui, il y a quelque chose de corrégien dans ce modelé tendre et résistant, dans ces carnations blondes et d'une adorable morbidesse.

Paul Véronèse a traité le même sujet, le *Mariage mystique de sainte Catherine ;* mais il a enrichi le motif en ajoutant au groupe principal la figure de sainte Lucie, tenant sur un plat d'argent les yeux que le bourreau lui a arrachés. Dans un cadre relativement restreint, la composition s'arrange et s'équilibre avec un goût suprême ; toutes les têtes sont expressives et charmantes, et les colorations, rompues avec cette finesse qui n'appartient qu'au maître des harmonistes, se mêlent et s'exaltent doucement dans les transparences d'une lumière vénitienne.

La couleur a été aussi pour van Dyck une préoccupation constante. On retrouve son habileté ordinaire et la libre aisance de son pinceau dans les *Jeux d'enfants*, sujet d'ordre familier, un peu en dehors de ses habitudes. Il s'agit d'une entreprise aventureuse et peut-être d'une imprudence. Nus et robustes comme des Amours de l'école d'Anvers, des enfants ont résolu d'enlever un de ses petits à une chienne attentive à protéger sa nichée. La courageuse mère se défend contre l'attaque de ces maraudeurs inquiétants. Le drame se passe dans la campagne ; une chèvre et une poule se mêlent au détail du paysage. D'après un ancien catalogue de la galerie du marquis de L. M..., les animaux seraient de Snyders. Comme ils sont d'une exécution large et savante, l'affirmation est tout à fait vraisemblable. Nous ferons remarquer, toutefois, que lorsqu'il avait à représenter des animaux, van Dyck n'avait nullement besoin d'invoquer la collaboration de son ami Snyders. Il était lui-même fort expert en ce genre de peinture et l'on voit souvent figurer, à côté de ses brillants gentilshommes, des chiens à qui il ne manque que l'aboiement. Son maître, Rubens, lui avait appris qu'un vrai peintre doit savoir tout faire.

Après avoir cité l'*Intérieur de cuisine* de David Teniers où pétillent les détails spirituels et un important tableau de Dietrich qui rehausse l'idée qu'on se fait ordinairement de ce peintre habile aux pastiches, nous consacrerons quelques mots à deux œuvres singulièrement intéressantes, aussi bien à cause de leur mérite que de la discussion qu'elles peuvent provoquer parmi ceux qui cherchent la vérité avant tout. Dire qu'il s'agit de Rembrandt, ce sera mettre en éveil toutes les curiosités intelligentes.

Malgré les pages instructives qui ont été écrites, en Hollande, par M. Vosmaer, en France par Burger et par Charles Blanc, les commencements de Rembrandt sont mal connus. Au temps de sa première jeunesse, il ne fut qu'un apprenti hésitant et troublé, et, chose singulière, si l'on songe aux vaillances de son âge mûr, il eut même quelque gaucherie. On l'a bien vu lors de la vente de la galerie de Pommersfelden, que je dirigeai en 1867 et où figurait le premier tableau authentique qui soit connu de ce grand magicien. Ce tableau, le *Saint Paul dans la prison*, aujourd'hui au musée de Stuttgart, date de 1627. A cette époque,

Rembrandt est encore bien timide et bien empêché. Rien ne fait prévoir les chefs-d'œuvre futurs.

Peut-être avons-nous chez M. le vicomte A..., une autre peinture du jeune Rembrandt? Une longue tradition lui attribue l'*Adoration des bergers*. Il y a visiblement dans ce tableau quelques faiblesses de dessin, qui révèlent la main d'un débutant mal informé des exigences du grand art qu'il doit pratiquer. Cependant la composition est déjà ingénieuse : l'enfant Jésus est couché dans la crèche, la Vierge et saint Joseph sont auprès de lui; des bergers viennent compléter le groupe et chacun d'eux laisse naïvement voir sur son visage le respect et l'admiration que lui inspire l'enfant prédestiné. Bien que ce tableau ait été,—on ne sait trop en vertu de quel caprice,—attribué en 1843 à Jean Fictoor, il présente dans la distribution des lumières et le jeu du clair-obscur, une saveur rembranesque. Au point de vue des colorations, nous y trouvons aussi des blancs dorés et des rouges d'un accent particulier. La première attribution, celle qui donne le tableau à Rembrandt, nous paraît donc devoir être maintenue. Combien cette peinture serait précieuse si l'on avait un jour la certitude qu'elle nous montre bien le début du laborieux écolier qui est devenu un si grand maitre!

L'autre tableau de Rembrandt a jadis été désigné dans un ancien inventaire sous un titre assez inattendu : *Deux mendiants endormis dans une écurie*. Cette désignation, qui ne brille pas par l'exactitude, caractérise l'époque naïve où l'on cataloguait les peintures sans leur faire l'honneur de les regarder. Il y a bien, si l'on veut, une écurie ou du moins une étable, mais il n'y a point de mendiants. Les deux dormeurs, vêtus de costumes rustiques, sont évidemment la Vierge elle-même et saint Joseph : derrière eux, dans l'ombre, est l'enfant Jésus, et la scène nocturne que l'artiste a voulu traduire n'est pas autre chose que le *Repos de la Sainte Famille pendant la fuite en Égypte*. La Vierge est habillée comme une paysanne ; le saint Joseph porte un bonnet d'ouvrier. L'impression générale est celle d'une anecdote de l'humble vie des travailleurs plutôt que la figuration d'un épisode de l'Évangile. Rembrandt aimait ces déguisements ou, pour mieux dire, ces emprunts à la réalité. Dans le *Ménage du menuisier* au Louvre, la pensée est la même. Rembrandt rajeunit tous les vieux thèmes sacrés : il place ses personnages dans le milieu contemporain, et la poésie qu'il en dégage n'en est que plus pénétrante.

Le *Repos pendant la fuite en Égypte* est une œuvre puissamment caractérisée : les deux figures principales sont étudiées sur nature avec la plus intelligente sincérité, et jamais on n'a exprimé d'une façon plus exacte le lourd sommeil que provoquent les lassitudes d'un long voyage. La couleur elle-même s'endort dans une chaude atmosphère, les fonds étant de ce brun superbe que Rembrandt seul a bien connu, comme lui seul a compris la difficile manœuvre de ce beau rouge atténué, qui constitue en partie le costume de la dormeuse. Ce rouge, disons-le en passant, n'est pas celui de Nicolas Maes, à qui il fait cependant songer. Est-il besoin d'ajouter que l'exécution est admirablement robuste et magistrale ? Nous croyons donc que la vente de M. le vicomte A. complétera par une page digne de celles que nous connaissions déjà le catalogue, si riche et si varié, des peintures de Rembrandt.

Mais il ne faut pas que les maîtres anciens, toujours si intéressants à étudier, car ils sont les éternels exemples, nous empêchent de rendre justice aux maîtres modernes, à ceux-là surtout qui restent fidèles à la grande tradition. L'exposition et la vente à laquelle nous convions les amateurs leur montreront une *Barque de pêcheurs*, qui nous paraît être une des plus belles marines de M. Jules Dupré; le *Marais de Boutlencourt*, de M. Émile van Marcke qui, depuis la mort de Troyon, est le premier de nos animaliers et un fin tableau de M. Pasini, d'une exécution aussi spirituelle qu'originale.

Nous appelons aussi l'attention sur une élégante composition de M. Gustave Boulanger, *un Bain d'été à Pompéi*, dont on n'a pas oublié le succès au Salon de 1876, sur le *Troupeau de moutons*, de M. Jacque, sur les *Joies maternelles*, de M. Perrault, et enfin sur les deux tableaux de M. Ziem qui, depuis trop longtemps, a cessé de prendre part à nos expositions annuelles, mais qui demeure dans l'école moderne un des maîtres de la lumière.

HARO.

TABLEAUX ANCIENS

ÉCOLES

ITALIENNES ET ESPAGNOLES

CALIARI (Paolo) dit PAOLO VÉRONÈSE

Vérone, 1528-1588. — École vénitienne.

ÉLÈVE D'ANTONIO BADILE ET DE GIOV. CAROTTO

1 — La Vierge, l'Enfant Jésus, sainte Catherine d'Alexandrie et sainte Lucie.

Auprès d'une colonne en pierre et dans un jardin, la Vierge, assise, tient sur ses genoux son divin fils qui tend en souriant les bras à sainte Catherine ; derrière eux, sainte Lucie. Les deux saintes ont à la main des palmes et les symboles de leur martyre.

T. — H., 1.20. L., 1.

REPRODUCTION DES CATALOGUES DRESSÉS ANTÉRIEUREMENT

Catalogue de 1837. n 159.

Mariage de sainte Catherine.

H., 3 pieds, 8 p. L., 3 cds, 1 p.

Catalogue de 1839, n° 319 :

Mariage mystique de sainte Catherine d'Alexandrie.

« La Vierge tient sur ses genoux l'enfant Jésus qui pré-
» sente à sainte Catherine l'anneau nuptial. »

H., 3 pieds, 8 p. L., 3 pieds, 1 p.

Catalogue de 1841, n° 368 :

Mariage mystique de sainte Catherine d'Alexandrie.

« La Vierge tient sur ses genoux l'enfant Jésus qui pré-
» sente à sainte Catherine l'anneau nuptial. »

H., 1.20. L., 1.

Catalogue de 1843, n° 268 :

La Vierge, l'enfant Jésus, sainte Catherine d'Alexandrie et sainte Lucie.

« Auprès d'une colonne en pierre et dans un jardin, la
» Vierge assise tient sur ses genoux son divin enfant; elle
» le présente à sainte Catherine et à sainte Lucie; cette der-
» nière tient à la main un plat d'argent sur lequel sont
» deux yeux traversés par un instrument en fer, symbole
» de son martyre. »
« Quatre figures. »

T. — H., 1.20. L., 1.

CANDARI (J.)

ÉLÈVE DE CARLO MARATTA

2 — Vénus et l'Amour.

Vénus étendue sur un lit de repos, ayant
l'Amour auprès d'elle, sépare les deux colombes.

T. — H., 26. L., 30

SANTI (Raffaello)
dit Raphaël Sanzio — Attribué à)

ÉLÈVE DU PÉRUGIN.

Urbino, 1483-1520. — École romaine.

3 — Mariage mystique de sainte Catherine.

L'enfant Jésus, assis sur les genoux de sa mère, présente l'anneau nuptial à sainte Catherine agenouillée près du groupe divin.

Bois. — H., 0.60. L., 0.45.

Nous reproduisons ci-dessous les documents relatifs à ce tableau.

Le Mariage de Ste Catherine.

« Tableau composé de trois figures. La Vierge et Ste Catherine vues jusqu'au genouil et l'enfant Jésus entier. »

« Ce tableau de chevalet m'a paru d'une belle conservation et l'un des plus soignés de Raphaël: la tête de la Vierge surtout semble lui avoir été inspirée par Léonard de Vinci dont il admiroit les ouvrages. La coiffure de Ste Catherine a un grand raport avec celle d'une des

« figures que Raphael a employées dans son parnasse au
« Vatican, la tête est d'un profil divin. L'Enfant Jésus a la
« correction connue dans les ouvrages de ce grand maître
« et l'on voit dans les pieds et les mains cette savante né-
« gligence que l'on retrouve dans ses plus beaux ouvrages
« de chevalet. »

« D'après ces observations faites avec attantion, je re-
« garde ce tableau comme l'un des plus précieux de Raphael
« d'Urbin. »

G. Guillon Le Thière,
Ex-Directeur de l'Académie Royale de France à Rome.

Rome, le 12 9bre
1816.

« J'atteste comme cy-dessus, me remettant entièrement
« aux expressions de M. Le Thière, enfoi de quoi

Rome, ce 15 9bre 1816

Signé : J.-B. Wicar, conseiller de l'Académie
de St Luc de Rome, ex-directeur de l'Académie
Royale de Naples ; Membre actuel de la Société
Royale de Naples et de Bologne.

Le chevalier Wicar

« Convengo anche io, con il parere dei SSri Cav. Wicar
Lettiers sopra il quadro rappresentante la Vergine con il
Bambino Sa Caterina, riconoscendo nel Medemi principii
« di componere disegnare e dipingere di Raffaelle »

Vicenzo Camuccini, Ispettore delle
Belle arti principale di Roma

Convengo con il sentimento del Sig. Camuccini.
Pietro Benvenuti Direttore
dell'I. R. Accademia di Firenze.

« J'aprouve les sentiments exprimés ci-dessus et trouve
« cet ouvrage admirable. »
C. Thevenin
Directeur de l'Académie Royale de France

» Avendo diligentemente opservato il detto quadretto
» non posso non convenire nel sentimento dei soprascritti
» illustri professori.

» In conseguenza mi segno. »

Gaspare LANDI

Direttore della Pittura nell Insigne Accademia di S
Luca di Roma e vice Presidente.

» Un quadretto dipinto sull legno alto palm 2, 1|2 e
» 2 once el largo Palm 2 che representa il Sposalizio di
» S. Caterina stimo io che sia opera di Raffaello d'Urbino,
» e si vede che nel dipingeresi è ricordato nella testa della
» Madona di Leonardo da Vinci e nella testa della santa di
» fra Bartolomeo di S. Marco però unito colla grazia a lui
» propria che massimamente risplende nel S. Bambino. La
» Madona e la Santa sono mezze figure; il S. Infante solo e
» intiero. »

Federi MÜLLER

Roma di 14 del novemb.   Pittore della real Corte di Baviera e
1816   Membro dell Academia Reale di Mo-
naco.

VINCI (Léonardo da)

Né près Florence, 1452-1519. — École florentine

ÉLÈVE D'ANDREA DEL VERROCCHIO

4 — Jésus et saint Jean-Baptiste enfants.

Le divin Bambino, d'une sublime beauté, tout en se jouant, baise sur la bouche le petit saint Jean.

Ces deux figures, peintes avec la plus grande science du clair-obscur, sont placées sur une pelouse émaillée de fleurs dans un vaste paysage à large horizon où la limpidité du ciel laisse apercevoir des chaînes successives de montagnes. Au second plan un tertre surmonté de gazon et d'arbustes.

Un portique cintré garni de figures allégoriques, d'ornements et de moulures dorées ou en grisaille, sert d'encadrement au tableau. De chaque côté de ce portique, sont placées des colonnes en agate surmontées de chapiteaux dorés. Sur le soubassement, divers oiseaux et insectes.

Tout cet encadrement est dû à un autre pinceau que les figures principales : nous pensons que cette ornementation a été exécutée par un artiste allemand de l'époque.

Nous avons eu déjà l'occasion de voir et de vendre des réductions de cette composition si remarquable, qui touche, comme tout ce qu'a produit le grand Léonard, à la perfection ; ces copies réduites et sans ornementation étaient attribuées, les unes à Marco da Oggiono, les autres à Jean de Mabuse ; elles portaient aussi un titre différent : *Castor et Pollux*. Aucune n'avait une expression aussi parfaite de beauté et de noblesse, ni le caractère des carnations et des ombres un peu violettes que l'on retrouve dans le petit nombre des productions authentiques de Léonard de Vinci.

B. H., 0,95. L., 0,59.

REPRODUCTION DES CATALOGUES DRESSÉS ANTÉRIEUREMENT

Catalogue de 1837, n° 168 :

Deux enfans jouant ensemble.

H., 2 pieds. 11 p. L., 23 pouces.

Catalogue de 1839, n° 321 :

Deux enfans jouant ensemble.

« Le premier plan du tableau est fermé par une arcade « architecturale chargée d'ornemens. Les deux enfans » s'embrassent. Un oiseau est perché sur un tertre voisin, » et l'on remarque encore deux oiseaux sur le devant de la » composition. »

H., 2 pieds. 11 p. L., 22 pouces.

Catalogue de 1843, n 341

Deux enfants.

« Dans un paysage frais et agréable et sur une pelouse
« émaillée de fleurs, deux enfants jouent et se caressent.
« L'horizon est limité d'un côté par un tertre qui couronne
« ce joli groupe et qui est surmonté de gazon et d'arbustes ;
« une espèce de portique cintré, garni d'ornements et de
« moulures dorés ou en grisaille sert d'encadrement au
« tableau ; de chaque côté de ce portique sont des colonnes
« en agate dont les ondulations forment et simulent des
« vagues dans lesquelles nagent des monstres marins ; un
« oiseau se repose sous l'extrémité du tertre et deux autres sur l'épaisseur du portique. »
« Deux figures »

B. — H. 0,95. L. 0,56.

CANO (Alonzo)

1601-1669. — École de Grenade.

5 — La Vierge et l'Enfant.

La Vierge, assise auprès d'un oranger, tient sur ses genoux Jésus enfant qui sourit à un ange qui vient l'adorer.

C. — H., 0,21. L., 0,17.

COELLO (Claudio)

Mort en 1693.

6 — Jésus sur les marches du temple.

Ce tableau porte, sur la marche, la signature
de C. Coello avec la date MDCLX.

T. H., 1.60, L., 1.16.

REPRODUCTION DES CATALOGUES DRESSÉS ANTÉRIEUREMENT
OÙ CE TABLEAU FIGURAIT SOUS LE NOM DE CARLO DOLCI

Catalogue de 1837, n° 135 :

La Vierge, sainte Anne et saint Joseph trouvant l'enfant Jésus sur les degrés du Temple.

H., 5 pieds. 3 p L., 3 pieds, 11 p

———

Catalogue de 1839, n° 215 :

L'Enfant Jésus sur les degrés du Temple.

» La Vierge, sainte Anne et saint Joseph écoutent Jésus
qui est debout sur le seuil du Temple.

H., 5 pieds. L., 3 pieds. 8 p

Catalogue de 1841, n° 287 :

L'Enfant Jésus sur les degrés du Temple.

» La Vierge, sainte Anne et saint Joseph écoutent Jésus
» qui est debout sur le seuil du Temple. »

H., 1.62. L., 1.19.

Catalogue de 1843, n° 253 :

Jésus sur les marches du Temple.

» Jésus enfant ayant été conduit à Jérusalem pour célé-
» brer la Pâques, resta dans le Temple à l'insu de ses parents
» et au milieu des docteurs, les écoutant et les interrogeant.
» Inquiets de ne pas le voir, la Vierge et saint Joseph le
» cherchèrent un jour entier et finirent par le rencontrer.
» L'instant représenté est celui où Jésus vient au-devant
» de ses parents, sur la porte du Temple, en leur disant :
» Pourquoi me cherchiez-vous, ne saviez-vous pas qu'il faut
» que je m'occupe de ce qui regarde mon père ; et il s'en
» retourna avec eux à Nazareth. »

Gravé dans l'œuvre Gavard, par E. Conquy.

Quatre figures. »

T. — H., 1.62. L., 1.19.

MURILLO (Bartolomeo Esteban)

Séville, 1616-1682   École de Séville.

ÉLÈVE DE JUAN DEL CASTILLO

7 — Portrait de moine. -

Il est représenté de trois quarts et à mi-corps, tourné à droite, la tête nue avec des cheveux courts grisonnants, de petites moustaches et une mouche, la barbe rare. Vêtu d'une robe de bure brune dont le capuchon est à moitié relevé, les deux bras presque croisés, il tient, de la main gauche, un livre entr'ouvert.

Cette peinture est un spécimen admirable du caractère, de la puissance et de la noblesse de l'École espagnole.

T. — H., 0,72 L., 0,60

REPRODUCTION DES CATALOGUES DRESSÉS ANTÉRIEUREMENT

Catalogue de 1837, n 10

Portrait d'un moine tenant un livre.

H., 2 pieds, 3 p L., 1 pied, 11 p.

Catalogue de 1839, n° 102.

Portrait d'un moine tenant un livre.

H., 2 pieds, 2 p. L., 1 pied, 10 p.

Catalogue de 1843, n° 65.

Portrait de moine.

« Ce portrait est sans doute celui d'un religieux adepte
« de Loyola et de son ordre; il est celui d'un homme chez
« qui tout respire l'intelligence, la sagesse et la pénétra-
« tion; son costume brun a de l'analogie avec celui des
« Carmes déchaussés. »
« Une figure, buste. »

T.   H., 0.70, L., 0.59.

Catalogue de 1841, n° 149.

Portrait d'un moine tenant un livre.

H., 0.71, L., 0.59.

MURILLO (Bartolomeo Esteban)

8 — Le Petit Pasteur.

Jésus enfant est assis auprès d'un arbre; il
est enveloppé d'une peau et d'une draperie
rouge et tient à la main une petite croix où est
attachée une banderole: près de lui est l'agneau
qu'il caresse de la main droite en lui appuyant la
tête sur sa joue.

Par son art merveilleux, le peintre a su rendre
le côté tendre et radieux de son ravissant sujet.

I — H. 0.44 L. 0.61

Catalogue de 1841, n° 158

Saint Jean-Baptiste caressant son mouton.

H. 0.42 L. 0.62

MURILLO (Bartolomeo Esteban)
(Attribué à)

9 — L'Adoration des bergers.

Nous considérons ce tableau comme une
œuvre de jeunesse ; les figures principales de
cette composition sont empruntées à différents
maîtres, notamment à Raphaël.

T. — H., 0.61. L., 0.45.

REPRODUCTION DES CATALOGUES DRESSÉS ANTÉRIEUREMENT

Catalogue de 1841, n° 139 :

L'Adoration des Bergers.

Catalogue de 1843, n° 79 :

Adoration des Bergers.

« Tous les bergers des environs de Bethléem accourus
» pour adorer Jésus sont réunis ou agenouillés autour de
» son berceau ; ils le considèrent avec l'expression de la joie
» et de l'admiration ; la Vierge leur présente son fils avec
» un sentiment de bonheur que saint Joseph semble par-
» tager ; des anges se balancent dans l'air au-dessus de
» la scène. Délicieux tableau dont personne ne contestera
» la supériorité. »
« Treize figures. »

T. — H., 0.60. L., 0.44.

VÉLASQUEZ
(Don Diego Rodriguez de Silva y)
(Attribué à)

Séville 1599-1660. — École de Séville

10 — Marche de cavaliers.

Au premier plan, à gauche, sur une hauteur,
un cavalier monté sur un cheval pie, coiffé d'un
feutre et portant une cuirasse, fait un signe de
commandement à un soldat placé près de lui; à
droite, deux cavaliers dont l'un tient une lance
avec un drapeau; plus loin, plusieurs autres
cavaliers, revêtus de riches armures, descendent
la pente de la montagne.

T. — H., 0.89; L., 0.67

REPRODUCTION DES CATALOGUES DRESSÉS ANTÉRIEUREMENT

Catalogue de 1839, n° 139 :

Marche de Cavaliers.

« Des cavaliers, le dos tournés vers le spectateur, suivent
« un chemin incliné en pente. A gauche, le capitaine
« donne des ordres à un soldat à pied. »

H., 2 pieds; L., 2 pieds, 7 p.

Catalogue de 1841, n° 217 :

Marche de Cavalerie.

« Des cavaliers, le dos tourné vers le spectateur, suivent un chemin incliné en pente. A gauche, le capitaine
donne des ordres à un soldat à pied. »

H., 0.65. L., 0.83.

Catalogue de 1843, n° 141 :

Marche de Cavaliers.

« Quelques cavaliers en selle et cuirassés se dirigent
vers la pente d'une montagne sur le haut de laquelle ils
se trouvent : un des chefs, placé à gauche du tableau,
fait une indication à un militaire qui est près de lui.
Une main vigoureuse a peint ce tableau, une organisa-
tion toute martiale l'a conçu : il porte le cachet espagnol comme le Bourguignon et Parrocel ont eu le leur
en France.

Neuf figures. »

T. H., 0.65. L., 0.83.

ÉCOLES

HOLLANDAISE, FLAMANDE, ALLEMANDE
ET FRANÇAISE

DIETERICH, DIETRICH
ou DIETRICY
(Christian-Wilhem-Ernst)

Né à Weimar le 30 octobre 1712. Mort à Dresde en 1774.

École allemande

11 — La Présentation de Notre-Seigneur au temple.

La scène représente le moment connu par les paroles de l'Écriture où saint Siméon s'écrie :
Et nunc dimitis...

Au premier plan, saint Siméon, tenant l'Enfant divin que viennent de lui remettre la Vierge et saint Joseph agenouillés, regarde le ciel. A droite, des docteurs; au second plan, sur une estrade, le grand prêtre, entouré de vieillards, consulte les livres saints. Dans le fond, à gauche, dans une autre partie du temple, plusieurs personnages.

Gravé par Georges Frédéric Schmidt en 1769.

L. — H., 0 82. L. 1 05.

REPRODUCTION DES CATALOGUES DRESSÉS ANTÉRIEUREMENT

Catalogue de 1827, n° 173 :

La Présentation au temple.

H., 2 pieds, 9 p. L., 3 pieds, 3 p.

Catalogue de 1839, n° 328

Présentation au temple.

H., 2 pieds, 7 p. L., 3 pieds, 3 p.

Catalogue de 1841, n° 373

Présentation au temple.

Catalogue de 1843, n° 391 :

Présentation au temple.

« L'enfant Jésus apporté au temple après sa naissance
« est présenté à l'adoration des fidèles. »
« Trente-trois figures. »

T. — H., 0.83. L., 1.05.

DYCK (Anton van)

Né à Anvers, 22 mars 1599. Mort à Blackfriars, 9 décembre 1641.
École flamande.

ÉLÈVE DE VAN BALEN ET DE RUBENS

12 — Jeux d'Enfants.

T. — H., 1.10. L., 1.50.

REPRODUCTION DES CATALOGUES DRESSÉS ANTÉRIEUREMENT

Catalogue de 1839, n° 351 :

Jeux d'enfans.

« Des enfans, dont un porte un étendard, enlèvent les
» petits d'une chienne qui les poursuit en aboyant. Au
» second plan, sont une chèvre et une poule perchée sur le
» barreau d'une échelle.
» Les animaux du premier plan sont de la main de
» Snyders.

H., 5 pieds, 8 p. L., 4 pieds, 4 p

Catalogue de 1841, n° 375.

Jeux d'enfans.

« Des enfans, dont un porte un étendard, enlèvent les
» petits d'une chienne qui les poursuit en aboyant. Au

» second plan, sont une chèvre et une poule perchée sur le
» barreau d'une échelle. »
« Les animaux du premier plan sont de la main de Sney-
» ders. »

H., 1.05. L., 1.40.

Catalogue de 1843, n° 363

Jeu d'enfants.

« Plusieurs enfants, presque tous nus, s'approchent d'une
« chienne qui, effrayée pour ses petits, montre les dents
» et donne la chasse à ces espiègles ; tous fuient devant
« l'attitude hostile de cette chienne, et l'un d'eux est ren-
» versé dans cette panique générale. Cependant, un plus
» courageux que les autres cherche à s'emparer des petits
» chiens, et profite du moment où la mère est occupée à
» pourchasser ses camarades. Les animaux, dans cet ad-
» mirable tableau, sont dus au pinceau de Snyders qui,
» pour compléter le sujet et le rendre plus intéressant, y
» a ajouté une chèvre et un coq. »
« Onze figures. »

T. — H. 1.05. L., 1.40.

MONIKS ou MONCHER

École hollandaise.

13 — Fruits et accessoires.

Sur une table de marbre, à demi recouverte
d'un tapis de velours vert, sont posés pêle-mêle
des médailles, des instruments de musique, des
bijoux, des vases ciselés et une coupe en argent
remplie de fruits.

T. — H., 0.62. L., 0.46.

POELENBURG (KORNELIS)

Utrecht, 1586-1665. — École hollandaise.

14 — La Vierge et l'Enfant Jésus dans une gloire d'anges.

Un tableau, entouré de fleurs, représentant la Vierge et l'Enfant Jésus, est enlevé au ciel par une foule de petits anges ; au bas, vu en panorama, un paysage de grande étendue.

Charmante composition.

B. — H., 0.38. L., 0.36.

REPRODUCTION DES CATALOGUES DRESSÉS ANTÉRIEUREMENT

Catalogue de 1837, n° 183 :

La Vierge et l'enfant Jésus dans une gloire d'anges.

H., 14 pouces. — L., 14 pouces.

Catalogue de 1839, n° 343

Le portrait de la Vierge porté dans le Ciel par des anges.

H., 13 pouces 1 2. L., 14 pouces.

REMBRANDT (van Ryn)

Né près Leyde en 1608. Mort à Amsterdam en 1669.
École hollandaise.

15 — Le Repos pendant la fuite en Égypte.

La Vierge et saint Joseph, fuyant avec l'enfant Jésus les soldats d'Hérode, se sont réfugiés dans une écurie pour y passer la nuit.

Au premier plan, la Vierge est étendue, à demi couchée sur la paille, les mains jointes, drapée dans un manteau rouge, une couverture grossière jetée sur ses genoux; elle dort profondément; près d'elle est assis saint Joseph qui sommeille la tête appuyée sur sa main : il porte un vêtement gris avec un manteau vert sombre, à sa ceinture est attaché un poignard; entre eux deux l'enfant Jésus dans un berceau rustique. Au fond, dans l'ombre, l'âne mange à un râtelier. Par une lucarne, on aperçoit une autre pièce servant d'étable.

T. — H., 1,50. L., 1,50.

REPRODUCTION DES CATALOGUES DRESSÉS ANTÉRIEUREMENT

Catalogue de 1857, n° 217 :

Paysans endormis dans une étable.

H. 4 pieds, 2 p. L. 5 pieds 2 p.

Catalogue de 1839, n° 345 :

Paysans endormis dans une étable.

« Ils sont de grandeur naturelle. Sur le second plan est
« un enfant dans un berceau. »

H., 4 pieds. 2 p. L., 5 pieds. 2 p.

Catalogue de 1843, n° 387.

Deux mendiants endormis dans une écurie.

« Un homme et une femme ont demandé un abri et ont
« établi leur gite dans une écurie où ils reposent; la femme
« est étendue et couchée sur la paille et recouverte par
« une grosse couverture de laine; l'homme est assis près
« d'elle et sommeille, la tête appuyée sur sa main. »
« L'intérêt d'un tableau pareil ne peut consister que
« dans la manière dont il est exécuté. Rembrandt sacri-
« fiait presque toujours le côté poétique d'un sujet à l'effet
« et au prestige de la couleur, et tel est le mérite dominant
« de celui-ci. »
« Gravé par Charles Mauduit.
« Deux figures. »

T. — H. 1.50. L., 1.10.

REMBRANDT (van Ryn)

16 — Adoration des bergers.

Assise dans une étable, la Vierge soulève le
voile qui recouvrait l'Enfant divin pour le pré-
senter à l'adoration des bergers.

T. — H., 0,61; L. 0,78.

REPRODUCTION DES CATALOGUES DRESSÉS ANTÉRIEUREMENT

Catalogue de 1837, n° 190.

L'Adoration des Bergers.

H., 2 pieds. L., 2 pieds, 4 p.

—

Catalogue de 1839, n° 346.

Adoration des Bergers.

« L'Enfant Jésus est dans une crèche A gauche est la
« Vierge qui soutient un voile près de la tête du nouveau-
« né. La composition est complétée par Saint Joseph et
« par plusieurs figures agenouillées dont une porte une
« paire de besicles. »

H., 22 pouces 1/2. L., 2 pieds, 2 p.

Catalogue de 1841, nᵒ 381 :

Adoration des Bergers.

« L'Enfant Jésus est dans la crèche. A gauche est la
» Vierge qui soutient un voile près de la tête du nouveau-
» né. La composition est complétée par Saint Joseph et par
» plusieurs figures agenouillées dont une porte une paire
» de bésicles. »

H., 0.55. L., 0.70.

Catalogue de 1843, nᵒ 388 :

Attribué à Victoor ou Fictoor.

Adoration des Bergers.

« Réunis en grand nombre dans l'étable et autour du
» berceau de l'enfant Jésus, les bergers le contemplent
» et sont saisis d'une admiration respectueuse ; l'effet heu-
» reux et la distribution de la lumière, la combinaison
» transparente des demi-teintes et des ombres avec des
» parties claires, produisent un effet magique qui donne
» de l'intérêt à un sujet banal et souvent répété. »
» Douze figures. »

T. — H., 0.55. L., 0.70

TENIERS (David Le jeune)

Né à Anvers en 1610. Mort à Perk en 1694 — École flamande

17 — Intérieur de cuisine.

Un jeune garçon, à l'aide d'une corde, hisse
au plafond du gibier accroché après un cercle de
fer ; près de lui, sur une table grossière, des
volailles, du pain, etc.; à terre, un chaudron, une
lanterne et divers accessoires ; à gauche, un pan
de bois au-dessus duquel paraît un chapeau
suspendu à un bâton ; au premier plan, à droite,
une femme file au rouet ; dans le fond, devant
une haute cheminée, deux paysans devisent entre
eux pendant qu'un troisième s'est retourné dans
un coin.

Sur une gravure attachée au haut de la cheminée, et représentant une tête de paysan, on lit
la date de 1670.

Signé à droite.

Ce tableau a appartenu à M. Paul Delaroche,
qui le tenait en grande estime et le faisait copier
par ses élèves.

B. — H. 0.45 L. 0.60

ÉCOLE FRANÇAISE

BOUCHER (François)

Né à Paris en 1703-1770. — École française.

18 — Bacchus et l'Amour.

Cette charmante composition provient de la propriété du château Margaux.

T. — H., 0.55. L., 0.47.

Catalogue de 1837, n 275 :

Jeux des Amours.

H., 15 pouces L., 19 pouces, 5 lig.

BOUCHER (École de)

19 — Nymphes et Satyre.

T. — H. 0,85. L. 1,15

FRAGONARD (Jean-Honoré)

Grasse, 1732. Paris, 22 août 1806. — École française

20 — L'Enfance de Bacchus. —

Un satyre vient surprendre une bacchante
endormie en donnant le sein à Bacchus enfant.

T. — H. 0,55. L. 0,45

WATTEAU (Antoine)

Valenciennes, 1684. Nogent, 1721. — École française.

21 — Soldats en marche.

T. — H., 0.27. L., 0.35.

TABLEAUX MODERNES

BONHEUR (Auguste)

22 — L'Étang.

Signé à droite.

T. — H., 0.46. L., 0.37

BOULANGER (Gustave)

23 — Un Bain d'été à Pompéi.

Salon de 1876.
Signé à droite et daté 1876.

T. — H., 1.00. L., 0.80

BROWN (John-Lewis)

2,500..24 — Halte dans une promenade cham-
pêtre.

Signé et daté à droite 1874.

T. — H., 0.81. L., 0.65.

CLAIRIN (Georges)

2,700..25 — Intérieur de harem.

Signé à gauche.

T. — H., 0.81. L., 0.66.

DARDOIZE (E.)

26 — Paysage.

Signé à gauche.

T. — H., 1 45. L., 0.91

DUPRÉ (JULES)

27 — Marine. Barque de pêcheurs. __

Signé à gauche.

T. — H., 0.8s. L., 0 65.

DUPRÉ (JULES)

5,000. 28 — Bords de rivière.

Signé à droite.

T. — H., 0.33. L., 0.25

GELIBERT

8,15. 29 — Le Lièvre forcé.

Signé à gauche et daté.

T. — H. 0.90. L., 1.30.

GUDIN

30   Le Sauvetage de l'équipage du _   6,000—
      « Saint-Pierre » par un brick
      hollandais.

Signé à gauche Gudin, à Amsterdam, 1843.
Un des plus célèbres tableaux de l'artiste.

T. — H. 1 28. L. 2 00

GUÉS (A.)

31 — Les Joueurs de dés. -

Signé à gauche.

B. — H. 0 30 L. 0.21

HEULLANT (A.)

340 « 32 — La Femme au perroquet.

Signé à gauche.

B. — H., 0.40, L., 0.21.

ISABEY (E.)

12,600 « 33 — Le Rendez-vous de chasse.

Signé et daté 66 à gauche.

T. — H., 0.74 L., 0.57.

JACQUE (Ch.)

34 — Paysage; le troupeau de moutons

Signé et daté à gauche 1871.

T. H., 0.75 L., 0.65

LENOIR (Paul)

35 — Le Bac japonais.

Salon de 1872.
Signé et daté à gauche 1872.

T. H., 0.65, L., 1.15

LE POITTEVIN (Eug.)

36 — La Chasse aux mouettes.

Signé à gauche.

T. — H., 0.79. L., 0.85.

LORSAY (Eustache)

37 — Pierrot malade.

Signé et daté à gauche 1855.

T. — H., 0.48. L., 0.60.

MARCKE (Van)

38 — Marais de Bouttencourt.

Signé à droite et daté 1876.

T. — H., 0.98. L., 1.40.

PASINI (A)

39 — La Halte.

Signé et daté à droite 1874.

T. — H., 0.48. L., 0.37.

PERRAULT

40 — Les Joies maternelles.

Salon de 1873.
Signé et daté à droite 73.

H., 1.70 L., 1.16.

ZIEM

41 — Le kiosque des Eaux-Douces
d'Asie (Constantinople).

Signé à droite.

H., 0.92 L., 1.25.

ZIEM

42 — Le Canal de la Giudecca.

Signé à droite.